✳ Y c (fait)

Ye

20422

L'IMPRIMERIE,

ODE

FRANÇAISE ET LATINE.

L'IMPRIMERIE,

ODE

FRANÇAISE ET LATINE.

L'IMPRIMERIE,

ODE

FRANÇAISE ET LATINE,

DÉDIÉE

Au Général Baron de Pommereul,

Conseiller-d'État,

DIRECTEUR GÉNÉRAL DE L'IMPRIMERIE ET DE LA LIBRAIRIE.

Par DONDEY-DUPRÉ fils.

Parvi parva damus.

JEAN GUTTEMBERG

PARIS,

DE L'IMPRIMERIE DE DONDEY-DUPRÉ.

1812.

AU GÉNÉRAL

BARON DE POMMEREUL.

Noble et sage dépositaire
De cet art régénérateur
Qui, par son pouvoir créateur,
Dispense aux peuples de la terre
Les lumières et les talens;
De la juste reconnaissance
Que m'inspire votre indulgence,
Daignez approuver les élans.
Si j'ai pu mériter votre illustre suffrage,
Je sais que c'est bien moins à de faibles essais,
Qu'à l'art dont j'ai voulu célébrer les progrès,
Que je dois ce grand avantage.
Aussi croyez qu'à l'avenir
Ma muse encouragée aura plus d'assurance,
Et que de votre bienveillance
Elle conservera l'immortel souvenir.
Guidé par l'exemple d'un père
Et par vos regards animé,
Il n'est rien, je le sens, que je ne puisse faire,
Pour répondre à l'espoir que vous avez formé.

DE ARTE TYPOGRAPHICA

ODE.

Ars immortalis, naturam imitata, sonorum
Cui fas picturam scriptis offerre loquacem,
Humanumque animum speculo signare fideli,
Ille vir æternis tollatur laudibus, olim
Qui docuit magicas chartis animare figuras!

Captiva angusto sub carcere verba coercens,
Et fluxam retinens spiranti cortice vocem,
Excipis humanæ servandos mentis honores.
Si loca cuncta tibi, pariter tibi tempora parent;
Et sol occiduus cum sole oriente, vicissim
Infera cum superis, te conjungente, loquuntur.

Te sine doctorum clarissima turba virorum,
Vana tyrannidis et diri ludibria fati,
Post mortem, unius sæcli sub corde manebant :
Te duce, perrumpunt æterna repagula busti,
Et nimiùm fragilis vitæ angustissimus orbis
Laxus in immensos tandem protenditur annos.

L'IMPRIMERIE,

ODE.

Art sublime, art divin, rival de la nature, [1
Toi qui, de la parole éloquente peinture,
Nous présentes de l'âme un fidèle miroir;
Honneur, gloire au mortel qui, dans les tems antiques, [2
    De tes signes magiques
A l'univers surpris révéla le pouvoir!

Sur la feuille docile, à la voix fugitive
Donnant, par divers traits, un corps qui la captive,
Tu reçois en dépôt le trésor des talens.
Du tems et de l'espace auguste souveraine,
    Ta main puissante enchaîne
Le couchant à l'aurore et les morts aux vivans.

Sans tes nombreux bienfaits les enfans du génie,
Vains jouets du trépas et de la tyrannie,
Ne laissaient après eux qu'un faible souvenir:
Du tombeau franchissant l'éternelle barrière,
    Par toi, de leur carrière
Le cercle étroit s'étend dans l'immense avenir.

Latius ast hominum votis nisi numina pandant
Curriculum, et pateat series pulcherrima rerum,
O quot adhuc populis tua dona optanda supersunt!
Infirmæ ætatis nondum squalore remoto,
Magnam fortè hominum cæca ignorantia partem
Oppressam erroris tenebrosâ nocte tenebit.

Quis Deus effundens cunctis sua munera sæclis,
Egregios animi geminabit ubique labores,
Qui, quod sit pulchrum, toti spirare videntur;
Qualem Triptolemum nobis misère ministrum
Numina, qui primos invento vomere sulcos
Imprimeret, segetesque novas repararet in arvis?

Guttemberge, veni; fœcundum concute pectus,
Ardentemque animum magna in miracula solvens
Pelle importunam nubem quâ nostra premuntur
Lumina; te cupidâ scriptorum nobilis ordo
Mente vocat, qui, mirificâ tandem arte, peritos
Fertilis ingenii jubeas reviviscere fœtus.

Inclyte vir, tantam festina attingere metam.
Hoccine moliri tibi fas melioribus annis?
Quàm celebranda tuas cingunt miracula cunas!
Ecquid ego intueor? Procul a natalibus oris
Extorres Musas gremio Florentia mater
Excipit et clarâ cum luce resuscitat artes.

Mais à l'heureux essai que l'homme vient de faire,
Si le Ciel n'ouvre enfin une plus vaste sphère,
Que de peuples encor privés de ton secours !
Des trois parts des humains perpétuant l'enfance,
Une aveugle ignorance
Dans la nuit de l'erreur les retient pour toujours.

Quel Dieu donc, répandant ses dons sur tous les âges,
Saura multiplier ces précieux ouvrages
Qui nous offrent du beau les vivantes leçons :
Tel que, digne instrument de la bonté suprême,
On a vu Triptolème (3
Reproduire en nos champs d'innombrables moissons ?

Guttemberg, tu parais(4; vainqueur de mille obstacles,
Viens opérer pour nous le plus grand des miracles :
Déchire le bandeau qui couvre nos esprits;
Et des auteurs fameux couronnant l'espérance,
Donne-leur l'assurance
De voir se propager leurs immortels écrits.

Pour ce noble projet que les tems sont propices !
Pourrais-tu l'accomplir sous de meilleurs auspices ?
Quels prodiges sans nombre entourent ton berceau !
Je vois de leurs climats les Muses exilées,
Dans Florence appelées, (5
Rallumer des beaux-arts le céleste flambeau.

Surgit ab attonito pelagi novus æquore mundus.
Necquicquam irato lustrans arva humida cursu
Marmaricus Nereus, dextrâ indignante retorquet
Occiduas classes; it spernens Gama furentem,
It tempestates ridens ventosque minaces,
Nerea Marmaricum proprio exarmare tridenti.

Terrarum regnator homo pontique subacti
Sceptra tenens, etiam cœlestia fulmina jactat,
Quæ quondam ipse Tonans cœlo vibrabat ab alto,
Et rapidum vertit renovans in flammea sulphur
Tela, quibus cecidit vulgus deforme Gigantum.

Littore ab Hesperio glaciales usque sub Arctos,
Semper inexpletus discendi pervolat ardor,
Et magno enitens partu natura laborat.
Longiùs antiquo velut torpore sepultus
Sæcula terrarum meliora redintegrat orbis.

O nova lux, nostros nascenti lampade fines
Quæ recreas, medios ignes accende triumphans;
Sparge per immensum torrentia lumina mundum,
Et veteres tenebras et noctem pelle profundam,
Quæ stygiâ involvunt simplex caligine verum!

Du sein de l'océan s'élève un nouveau monde. (6
Vainement élancé sur les gouffres de l'onde,
Un fantôme s'oppose aux fils de l'Occident:
Malgré l'orage affreux qui gronde sur sa tête,
   Poursuivant sa conquête,
Gama va lui ravir son antique trident. (7

Déja maître absolu de l'onde et de la terre, (8
L'homme, d'un bras puissant, a conquis le tonnerre
Dont s'armait autrefois le monarque des cieux:
Le salpêtre en ses mains renouvelle la foudre (9
   Qui réduisit en poudre
Des rebelles Titans le peuple audacieux.

Des bords glacés de l'Ourse aux colonnes d'Alcide,
L'ardeur de tout savoir prend un essor rapide,
Et la nature annonce un grand enfantement.
Long-tems anéantie, au moment de renaître,
   La terre voit paraître
De la faveur des Dieux le plus beau monument.

Nouvel astre levé sur l'Europe ignorante,
Poursuis vers ton midi ta course triomphante;
Répands de toutes parts des torrens de clarté,
Et que ton vif éclat, de l'horison du monde
   Chasse la nuit profonde
Qui de voiles encor couvre la vérité !

Proh Superi! ecce oculis vastum patet amphitheatrum.
Tertia jam binis exactis volvitur ætas,
Atque exul Ratio decus immortale recepit:
Attollit vocem, quæque arva paterna tenebat
Horrida barbaries, nunquam reditura, recedit.

Et tu, Relligio, meritis desiste querelis;
Namque superstitio ferales æmula tædas
Extinxit, templumque tibi fugitiva reliquit.
Numinis interpres redeas; Europa vetustos
Jam tibi ferre memor rursus festinat honores.

Cur non prudenti curâ properata Deorum
Ante Omari furias venit tantæ artis origo ?
O dolor ! ô fletus ! vestes lacerate Camœnæ;
Lugete ingenii sanctas, lugete ruinas,
Et versa in tumuli cineres delubra cruentos.

Itala quo tellus quondam, quo Graia vigebat,
Magne Deus, Nili jam non tua littora linque,
Affer ad occiduas gratissima munera gentes,
Dumque Arabis vitas pennâ fugiente furorem,
Ardeat Ægyptus sub iniquo oppressa tyranno.

O prodige! à mes yeux s'ouvre une scène immense! (10
Deux siècles sont passés, un troisième commence,
Et déja la Raison a repris tous ses droits:
Elle s'est fait entendre et, pour jamais bannie,
   L'horrible barbarie
De nos heureux climats disparaît à sa voix.

Et toi, Religion, cesse tes justes plaintes;
Du fanatisme enfin les torches sont éteintes,
Et son trône abattu fait place à tes autels.
Des volontés des cieux, reviens digne interprète;
   Reviens, l'Europe est prête
A te restituer tes honneurs solennels.

Hélas! au tems d'Omar que n'a la Providence
De cet art merveilleux ordonné la naissance?
O douleur! ô regrets! Muses, prenez le deuil;
Pleurez sur les débris des siècles de lumière,
   Pleurez sur la poussière
De vos temples changés en un vaste cercueil.

De la Grèce et de Rome admirable Génie,
Sur les bords africains tu n'as plus de patrie :
Au sein de l'occident reporte tes bienfaits;
Viens et, loin des fureurs d'un Arabe stupide (11
   Fuyant d'un vol rapide,
Laisse le Nil en proie à de lâches forfaits.

Ecquid! inhumani Livoris murmur ab antro
Obliquum erumpit. Proh sanctæ dedecus artis!
Ictibus innumeris en turba proterva lacessit;
Non pudet hanc vitii scelerumque vocare ministram,
Quæ gremio fovet errorum turpissima monstra,
Ut non degeneres possint succrescere partus.

At quem divinum Superis accepimus, ignis
Qui vitam saltem potis est mulcere caducam,
Illustratque gradus dum languida membra relaxat,
Num minùs egregium munus fortasse videtur,
Quamvis sævus agat commissa tonitrua Marti,
Plurima multiplici quæ sternunt agmina letho?

Ergo si manibus temerata ars illa nefandis,
Naturæ opprobrium, morum pestisque luesque,
Virgineo timidum suffundit in ore pudorem;
Nonne etiam fati victrix, alit, excitat artes?
Nonne viri eximiam longè latèque propagat
Et jubet e tumulo recreans emergere laudem?

Testis adesto mihi regum dominator et orbis
Arbiter, Alcidis non impar æmule, tantam
Qui docti curis incorruptique ministri
Hanc artem, proprii cum nominis incremento,
Committis; tua nam figens facta ære fideli,
Te seris properat redivivum ostendere sæclis.

Quoi ! dans son antre obscur j'entends gronder l'Envie.
De cet art précieux cruelle ignominie !
On pousse contre lui d'insolentes clameurs;
On ose l'appeler un instrument du vice,
   Qui, du crime complice,
De la terre entretient les coupables erreurs !

Mais le feu, qu'aux humains la divine puissance
Donna pour adoucir leur fragile existence,
Qui réchauffe nos sens comme il guide nos pas,
Cesse-t-il d'être un bien, parce que dans la guerre
   Il devient ce tonnerre,
Qui dans les champs de Mars fait voler le trépas?

Si donc par fois cet art, dans une main impure,
Fait rougir la pudeur, outrage la Nature,
Pourroit-on oublier que, triomphant du sort,
Il encourage, étend, propage le mérite,
   Enfin qu'il ressuscite
La gloire et les talens de l'homme après sa mort?

C'est toi que j'en atteste, Hercule de notre âge,
Qui, confiant cet art aux mains d'un homme sage,[12]
Te reposes sur lui du soin de sa grandeur;
Puisqu'un jour, tu le sais, il doit dans notre histoire
   Consacrant ta mémoire,
Faire de tes exploits revivre la splendeur.

Omnibus ars sanè præclarior artibus, o cui
Usque meos volui tenues sacrare labores,
Quam mirans semper tenero meditabar ab ungui;
Accipe nascentis, quæso, pia pignora Musæ!
O utinam, ut qui te primis coluêre diebus,
Splendorem assiduis aliquem tibi dotibus addam!

O le plus beau des arts, digne objet de mes veilles,
Dont à mes premiers goûts s'offrirent les merveilles,
De ma Muse naissante accepte les tributs !
Fais qu'un jour, comme ceux qu'éclaira ton aurore,
        Moi-même je t'honore, [13
Sinon par des talens, au moins par des vertus !

NOTES.

1) Art sublime, art divin, rival de la nature...

L'écriture, dont les Phéniciens passent pour avoir été les inventeurs.

2) Honneur, gloire au mortel qui, dans les tems antiques...

. Cadmus apporta, dit-on, l'usage des lettres aux Grecs, et par-là à l'Occident tout entier; c'est ce qui a fourni à Lucain cette belle et exacte définition de l'écriture, si bien imitée par Brébeuf:

Phœnices primi, famæ si creditur, ausi
Mansuram rudibus vocem signare figuris.

C'est de lui que nous vient cet art ingénieux
De peindre la parole et de parler aux yeux,
Et par les traits divers de figures tracées,
Donner de la couleur et du corps aux pensées.

3) On a vu Triptolême...

Triptolême, fils de Celeus, qui vivait vers l'an 1600 avant J. C., apprit de Cérès l'art d'ensemencer la terre.

4) GUTTEMBERG, tu parais; vainqueur de mille obstacles...

Jean Guttemberg naquit à Mayence au commencement du 14me. siecle; il fit ses premiers essais de typographie, avant 1440. On partage la gloire de cette invention entre lui et ses associés Fust et Schœffer; mais on est convenu d'en réserver généralement l'honneur au seul Guttemberg, les deux autres n'ayant commencé à travailler, que plusieurs années après.

5) Je vois de leurs climats les Muses exilées,
Dans Florence appelées...

C'est dans le même siecle que l'industrie humaine se déploie dans

toute son étendue. En Italie, en Allemagne, en France, tous les arts
éprouvent une amélioration sensible. Par les soins de Laurent de Médicis
surnommé *le Père des lettres*, Florence semble être devenue le centre
des lumières et voit succéder à dix siecles d'ignorance et de barbarie,
l'amour des beaux-arts, l'émulation entre les talens, et le changement
total de l'Europe; en sorte qu'on pourrait dater de la naissance de
ce grand-homme la nouvelle ère du règne des belles-lettres, des sciences
et des arts.

⁶) Du sein de l'Océan s'élève un nouveau monde.

Découverte de l'Amérique par Christophe Colomb, en 1442.

⁷) GAMA va lui ravir son antique trident.

En 1470, Vasco de Gama découvre la route aux Indes par mer.
On connaît l'épisode du poème du Camoëns qui m'a fourni la fiction
du fantôme.

⁸) Déja maître absolu de l'onde et de la terre...

L'invention de la boussole, qui a réellement assuré à l'homme l'empire
des mers, date de la même époque.

⁹) Le salpêtre en ses mains renouvelle la foudre...

C'est aussi vers la fin du 14ᵐᵉ. siècle qu'on invente la poudre
à canon et par suite les armes à feu.

¹⁰) Deux siecles sont passés, un troisième commence...

200 ans après l'invention de l'Imprimerie, l'Europe n'est déjà plus
reconnaissable et le siecle immortel de Louis XIV achève ce qu'avait
si dignement commencé celui des Médicis et de Léon X. A l'antique
ignorance, aux faux préjugés, aux idées superstitieuses qui jusqu'alors
avaient divisé les peuples, succèdent un violent désir de s'instruire,
l'esprit de la véritable religion et un élan philosophique qui porte le

genre humain à secouer le joug de l'erreur, et tout cela est l'ouvrage de l'Imprimerie.

11) Viens, et loin des fureurs d'un Arabe stupide...

J'aurais pu dire *perfide ;* mais je pense qu'il y a plus encore de *stupidité* que de *perfidie* dans l'action d'Omar. Ce fut en 636, et par les ordres de ce calife, que la fameuse bibliothèque d'Alexandrie, monument des connaissances humaines, fut livrée aux flammes et servit à chauffer les bains publics.

12) Qui, confiant cet art aux mains d'un homme sage...

Le Général Baron de Pommereul, Conseiller d'État, Directeur général de l'Imprimerie et de la Librairie.

13) Moi-même je t'honore...

L'Auteur, fils d'Imprimeur, se destine à suivre la carrière typographique.

FIN.

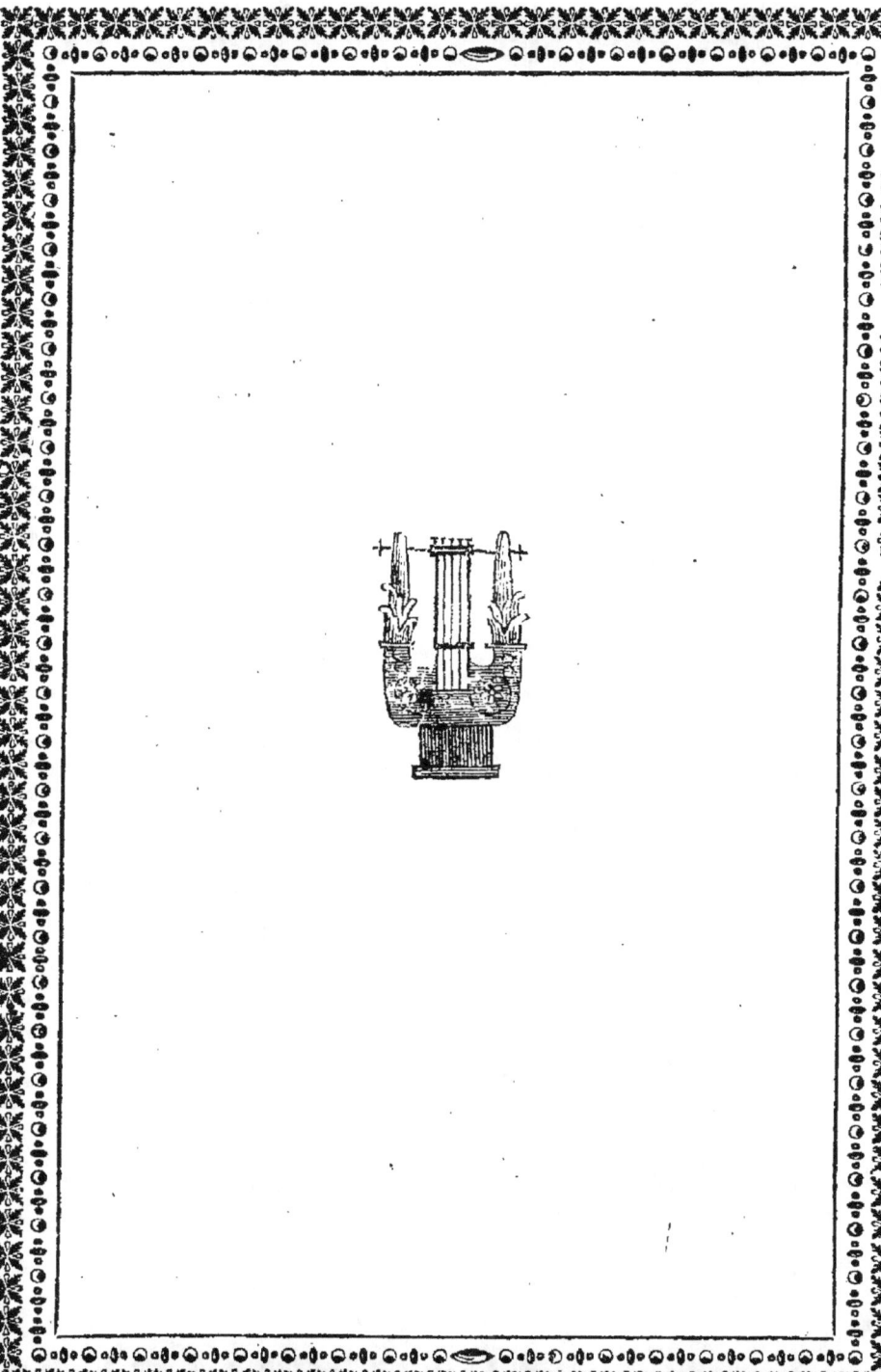

www.ingramcontent.com/pod-product-compliance
Lightning Source LLC
Chambersburg PA
CBHW061737180626
46818CB00006B/2664